AF360307

Vente du Mercredi 7 Juin 1905
HOTEL DROUOT   SALLE N° 8

N° 66 du Catalogue

ESTAMPES MODERNES

M. MAURICE DELESTRE

M. LOYS DELTEIL

CATALOGUE
D'ESTAMPES
MODERNES

Œuvres de :

BRACQUEMOND, CHAUVEL, COROT,
FANTIN-LATOUR, LEGROS, LUNOIS, MANET,
RODIN, WALTNER, WHISTLER, ZORN, etc.

dont la vente aura lieu

à Paris, HOTEL DROUOT, Salle N° 8

Le Mercredi 7 Juin 1905

à 4 heures précises

———

Par le ministère de Mᵉ MAURICE DELESTRE

COMMISSAIRE-PRISEUR

5, rue Saint-Georges

Assisté de M. LOYS DELTEIL, Artiste-Graveur, Expert

22, rue des Bons-Enfants

CONDITIONS DE LA VENTE

Elle sera faite au comptant.

Les acquéreurs paieront *dix pour cent* en sus des prix d'adjudication.

M. Loys Delteil remplira les commissions que voudront bien lui confier les amateurs ne pouvant y assister.

MM. les amateurs pourront visiter la collection, 22, *rue des Bons-Enfants*, du lundi 29 Mai au lundi 5 Juin inclus, de 2 heures à 5 heures, le dimanche et le jeudi de l'Ascencion exceptés.

EXPOSITION PUBLIQUE, A L'HOTEL DROUOT,
Le Mardi 6 Juin, de 2 heures à 6 heures

DÉSIGNATION

BESNARD (A.)

1. — Les Enfants de l'artiste. Très belle épreuve.

BRACQUEMOND (Félix)

2. — Goncourt (Edmond de) (H. B. 54). Superbe épreuve sur japon.

3. — Ebats de Canards (H. B. 221). Très belle et fort rare épreuve du 1er état, *à l'eau forte pure*, sur japon.

4. — La même estampe. Très belle épreuve d'essai.

5. — Le vieux Coq, 1882 (H. B. 222). Magnifique et fort rare épreuve du 1er état, *avant le fond*, sur japon, *signée*.

6. — La même estampe. Superbe et fort rare épreuve du 3e état, *avant toute lettre*, sur japon. (Tiré à 6 épreuves environ).

7. — Canards surpris (H. B. 778). Très belle et rare épreuve du 2e état, *avant divers travaux*, sur japon, *signée*.

8. — Le Coq Gaulois, 1893. Très belle épreuve d'essai du 1er état, avec les mots : *Semaine Russe*...

CARRIERE (Eugène)

9. — Tête de Fillette. In-fol. Très belle épreuve sur chine, *signée*.

CHAUVEL (Th.)

10. —- Ville-d'Avray, d'après Corot (L. D. 95). Grand
in-fol. Superbe épreuve d'essai, *avant toute
lettre*.

11. *A Surrey Pine Wood*, d'après B. W. Leader
(L. D. 140). Superbe épreuve *avant toute
lettre*, sur parchemin.

12. - *Mead and Stream* (Marais et ruisseau), d'après
B. W. Leader. Superbe épreuve d'essai,
avant toute lettre, sur japon.

COROT (C.)

13. —- L'Étang de Ville-d'Avray (A. Robaut 3). Très
belle épreuve sur chine.

14. — Campagne boisée (A. R. 8). Très belle épreuve.

15. —- Dans les Dunes, souvenir du bois de la Haye
(A. R. 9). Très belle épreuve.

16. - - La jeune Fille et la Mort. Cliché-verre. Très
belle épreuve.

DELACROIX (Eugène)

17. - Mme Frederique Villot (A. M. 10). Belle
épreuve.

18. — Le Christ au roseau (A. M. 13). Belle épreuve
sur chine.

FANTIN-LATOUR (H.)

19. — Vénus et l'Amour (G. H. 101). Très belle épreuve
sur chine volant, *signée*.

20. — Vénus et l'Amour, grande planche (G. H. 131).
Très belle épreuve sur chine.

N° 5 du Catalogue.

FORTUNY (Mariano)

21. — Arabe veillant le corps de son ami (H. B. 1) —
Kabylle mort (2). Deux pièces in-fol. Très
belles et rares épreuves d'essai, *avant la
lettre*, avec les salissures en marge.

22. — Amateur de jardin (H. B. 11) — Eglise St-Joseph
à Madrid (21) — Maréchal-ferrant au Maroc
(22) — Diplomate (24). Quatre pièces. Très
belles épreuves d'essai, *avant la lettre*, avec
les salissures en marge.

JACQUEMART (Jules)

23. — Allou (M⁰) (G. 389). Très belle épreuve d'essai, sur japon.

JONGKIND (J. Barthold)

24. — Port d'Anvers, soleil couchant. Très belle épreuve, *avant la lettre*.

LEGROS (Alphonse)

25. — Femmes de Boulogne (Th. et P. M. 80). Très belle épreuve, sur japon.

26. — Le Voyageur surpris par l'orage (H. B. 226). Belle épreuve.

27. — Paysage au bûcheron. In-fol. Très belle épreuve.

28. — Portrait de Champfleury. Très belle épreuve sur chine.

LUNOIS (A)

29. — La Buveuse d'absinthe. Très belle épreuve *imprimée en couleurs*. Fort rare.

30. — Le Corps de Ballet. Superbe épreuve, *imprimée en couleurs, signée* et *numérotée*.

31. — L'Espagnole remettant sa chaussure. Superbe épreuve *imprimée en couleurs, signée*.

32. — Départ pour la chasse. Superbe épreuve, *imprimée en couleurs, signée*.

MANET (Ed.)

33. — Félix Bracquemond, peintre-graveur. Très belle épreuve. Très rare.

34. — Les Gitanos (H. B. 4). Très belle épreuve.

N° 64 du Catalogue.

35. — La Femme à la mantille (H. B. 12). Très belle épreuve.

36. — Olympia, couchée nue sur des coussins, 1re planche (H. B. 31). Superbe épreuve sur japon. Rare.

37. — La Convalescente (H. B. 40). Très belle épreuve sur japon.

38. — Mlle Morizot (H. B. 54). Très belle épreuve du 1er état, sur chine.

39. — Le Camin (H. B. 60). Très belle épreuve avec la *griffe* de l'artiste.

40. — Jeanne (H. B. 53). Très belle épreuve.

MERYON (Ch.)

41. — L'Abside Notre-Dame. Belle épreuve.

MILLET (J.-F.)

42. — La Fileuse (A. L. 21). Très belle épreuve.

RODIN (Auguste)

43. — Les Amours conduisant le monde (R. Marx 1). Très belle épreuve du 2e état, sur japon.

44. — La Ronde (R. M. 5). Très belle épreuve sur japon.

45. — Victor Hugo, de face (R. M. 7). Très belle épreuve du 3e état, *avant la lettre* (1er état décrit).

46. — La même estampe. Très belle épreuve du même état, sur japon.

TISSOT (J.)

47. — Entre les deux mon cœur balance (H. B. 26). Superbe épreuve, *signée* et *timbrée*.

48. — Le Retour de l'Enfant prodigue (H. B. 61). Superbe épreuve d'essai. Très rare.

WALTNER (Ch. Alb.)

49. — L'Etude, d'après H. Fragonard (H. B. 11). Superbe épreuve d'essai, avec *remarque* sur japon, *signée*.

50. — Miss Graham, d'après Gainsborough (H. B. 105). Grand in-fol. Très belle épreuve d'essai, sur japon.

51. — Lady Cambden, d'après Reynolds (H. B. 107). Superbe épreuve avant toute lettre, sur japon.

52. — Le Doreur, d'après Rembrandt (H. B. 113). Superbe épreuve avant toute lettre, sur japon, *signée*.

WHISTLER (J. Mac Neill)

53. — Whistler, par Rajon. Très belle épreuve.

54. — Billingstate, 1859 (W. 45). Belle épreuve.

55. — La même estampe. Belle épreuve.

56. — Doorway and Vine (W. 161). Très belle épreuve.

57. — Wheelwright (W. 162). Très belle épreuve.

58. — Bead-Stringers (W. 164). Très belle épreuve.

59. — Turkeys (W. 165). Superbe épreuve.

60. — Le tranquille canal (W.). Superbe épreuve.

61. — Little court (W. 173). Très belle épreuve.

62. — Lobster Pots (W. 174). Très belle épreuve.

63. — Drury Lane (W. 176). Très belle épreuve.

64. — Ponte Piovan (W. 179). Superbe épreuve.

65. — Lagoon : Noon (W. 186). Très belle épreuve.

66. — Le Cordonnier. Lithographie. Belle épreuve
sur chine volant.

ZORN (Anders)

67. — Rosita Mauri (F. de Schubert 21). Très belle
épreuve sur japon.

68. — Madame Simon (F. de Sch. 47). Belle épreuve.

69. — Zorn, par lui-même (F. de Sch. 151). Très belle
épreuve.

IMPRIMERIE

FRAZIER-SOYE

153-157, rue Montmartre

PARIS